Los Cinco de Vivienda Justa & la casa embrujada

Escrito por Greater New Orleans Fair Housing Action Center
(Centro de Acción para la Vivienda Justa del Área
Metropolitana de Nueva Orleans)

Ilustraciones de Sharika Mahdi
Traducción de María C. Galli-Terra

Publicado por Greater New Orleans Fair Housing Action Center
(Centro de Acción para la Vivienda Justa del Área Metropolitana de Nueva Orleans)

Nueva Orleans, Luisiana

¡Hola! Me llamo Samaria y estoy en quinto grado.

Estos son mis amigos. A los cinco nos gusta estar juntos porque tenemos muchas cosas en común.

A Ricardo y a James les gustan los deportes.

A Chelsea y a Laila les gusta dibujar.

A James y a mí nos gusta tocar música.

Preguntas para la reflexión p.31

4

A los cinco también nos gusta estar juntos porque somos diferentes en muchos aspectos.

Tenemos religiones diferentes.

Comemos cosas diferentes.

Tenemos maneras de desplazarnos diferentes.

Preguntas para la reflexión p.31

Este es nuestro club. Lo construimos nosotros mismos bajo un viejo roble. Venimos aquí después de la escuela a hacer nuestras tareas y a jugar. A mí me gusta todo de nuestro club, pero no siempre fue así.

Había una vez una casa grande y vacía al otro lado de la calle, justo frente a nuestro club. No nos gustaba nada.

En el frente había un cartel de "Se alquila", pero nadie nunca se mudaba allí. Cuando venía gente a ver la casa, siempre se iba rápido, con cara de preocupación. Todas las noches, una sola lámpara brillaba detrás de una ventana del segundo piso, y cuando soplaba el viento el gran portón de hierro se sacudía y crujía. Estábamos seguros de que la casa estaba embrujada.

Una noche llegué a mi casa y encontré a mi madre sentada a la mesa de la cocina con el periódico abierto — frente a ella.

—¿Qué haces? —pregunté.

Ella sonrió. —Es hora de mudarnos a un apartamento nuevo. ¿Por qué no me ayudas a buscar?

Me senté a su lado. En la página aparecían muchas casas anunciadas. Juntas las miramos, una por una. Mi mamá pensaba en cosas de adultos. —Necesitamos un lugar que esté cerca de tu escuela y de mi oficina. Y a un precio que podamos pagar —dijo.

Yo pensaba en cosas de niños. —Quiero un cuarto para mí sola. Y quiero vivir cerca de mis amigos —dije.

Preguntas para la reflexión p.31

Finalmente, encontramos el lugar perfecto. Tenía dos cuartos: uno para mi
mamá y uno para mí. Estaba cerca de la escuela y no muy lejos del trabajo
de mi mamá.Había un supermercado en la misma calle y una parada de
autobús en la esquina.¡Lo mejor era que se encontraba justo enfrente de
nuestro club!

Miré con más atención. *¡La foto del periódico era la de la casa embrujada!*

Al día siguiente fuimos a ver el apartamento después de la escuela. Yo tenía miedo. Mi mamá no sabía que la casa estaba embrujada. Apreté su mano mientras pasábamos por el portón de hierro chirriante. Cerré con fuerza los ojos mientras mi mamá tocaba el timbre. Oí pasos pesados, el sonido de la cerradura y el crujido de una puerta...

—Hola. ¿Está aquí para ver el apartamento?

Yo abrí los ojos. No era un fantasma, ni un monstruo, ni un vampiro quien se encontraba frente a nosotras. Solo era un hombre común y corriente. Y detrás de él había una casa muy agradable.

—Hola —saludó mi madre—. Esta es mi hija, Samaria.

La sonrisa del hombre se desvaneció al instante. —Ah, lo lamento —dijo—. No alquilo a familias con hijos. —El hombre cerró la puerta—.

Mi madre sacudió la cabeza. —Bueno, supongo que tendremos que seguir buscando —dijo.

Preguntas para la reflexión p.31

Esa noche no pude dormir. Me sentí confundida. ¿Por qué el **propietario** no quería alquilar a una familia con niños? ¿Había hecho algo malo yo? Me puse triste. La casa era perfecta para nosotros, especialmente ahora que sabía que no estaba embrujada. ¿Y si otros propietarios también nos rechazaban? ¿Qué haríamos si no encontrábamos un lugar para vivir?

Al día siguiente les conté a mis amigos lo que había sucedido.
—No me parece justo —dijo Chelsea, con el ceño fruncido.

—¿Y por qué razón alguien no querría alquilarle a una familia con niños? —agregó Laila—. Tener niños en el vecindario es bueno para todos. Sin niños, ¿quién organizaría partidos de *kickball* en el parque? ¿Quién pondría puestos de limonada los días de calor?

Eso me dio una idea. —Esto exige una investigación ultra secreta —dije.

Glosario · p.30

—Queremos saber si el propietario está rechazando a otras familias. De modo que el sábado pondremos un puesto de limonada delante de nuestro club. ¡Lo usaremos para espiar la casa desde el otro lado de la calle!

Y eso fue exactamente lo que hicimos.

La mañana del sábado estuvo tranquila. Conté dos personas que paseaban a su perro y tres que habían salido a correr, pero nadie entró ni salió de la casa.

Pero, de pronto, un auto se detuvo justo enfrente y de él bajó una mujer junto con un niño de nuestra edad y un bebé. La vimos desaparecer dentro de la casa. No me sorprendí cuando, unos minutos más tarde, la mujer salió con cara de mal genio.

—¿Van a mudarse a la casa? —pregunté.

—No, nos mudaremos —respondió el niño—. Mi mamá no habla muy bien el inglés, de modo que yo ayudaba traduciéndole al propietario lo que ella decía. Luego el hombre nos dijo queambos debíamos hablar inglés para vivir aquí.

Yo me puse a pensar en eso. Los padres de Ricardo y Chelsea hablan otros idiomas también, porque los papás de él son de México y los de ella son de Vietnam. Esto significa que tienen distintas **nacionalidades**. ¡A mí siempre me pareció genial hablar otro idioma! ¿Por qué el propietario pensaría que es algo malo?

Tenía ganas de decirle a la mujer que yo sabía cómo se sentía. Pero me callé porque no quise que descubriera nuestra investigación ultra secreta.

Preguntas para la reflexión p.31   Glosario   p.30

Una hora, dos personas paseando a sus perros y un camión de bomberos más tarde, una mujer se bajó del autobús en la esquina y caminó hacia la casa de enfrente. No tenía niños con ella. —Seguramente el propietario le alquilará la casa a ella —les susurré a mis amigos.

Pero, para mi sorpresa, en un instante la mujer estaba nuevamente en la calle. —¿Se mudará a la casa? —pregunté.

—No, no me mudaré —resopló la mujer—. El propietario pensó que yo preferiría vivir en un vecindario con más personas *como yo*.

—¿Qué significa eso? —pregunté confundida.

La mujer frunció el ceño. —Creo que no le alquila la casa a personas de raza negra.

Miré a mis amigos. Todos nosotros éramos de distintas **razas**. ¿Qué importaba?

Preguntas para la reflexión p.31   Glosario   p.30

Después de otras dos horas, tres corredores más y un camión de helados, apareció un hombre caminando con un perro. Este hombre era blanco, como el propietario, y no tenía niños con él. —Seguramente el propietario le alquilará la casa a él — les susurré a mis amigos.

Pero para mi sorpresa, unos minutos más tarde el hombre estaba de vuelta en la acera. —¿Se mudará a la casa? —pregunté.

—No, no me voy a mudar—. El hombre se encogió de hombros y acarició a su perro. —Soy ciego y mi perro guía me ayuda a desplazarme. Pero el propietario dice que no puedo tener un perro en la casa, de modo que no puedo vivir aquí.

Yo pensé en las personas que conozco que necesitan ciertascosas para desplazarse a causa de sus **discapacidades**. ¿Por qué tratarlas de modo diferente?

Preguntas para la reflexión **p.31**   Glosario   **p.30**

Para cuando el sol comenzó a ponerse, estábamos seguros de que algo andaba mal.

¿Por que el propietario rechazaría a tantas personas agradables simplemente por su raza, su nacionalidad, su discapacidad o por tener hijos?

—Tal vez quiera evitar que cierto tipo de personas se muden al vecindario —señaló James.

Eso me enojó. —¡No es justo! Es nuestro vecindario también —exclamé. Después de todo, nuestro club estaba al otro lado de la calle.

De camino a casa pensé en que mi mamá y yo todavía no teníamos un lugar donde vivir.

Preguntas para la reflexión p.31

Ese lunes en la escuela, la señora Butler estaba dando una lección de historia.

—En otros tiempos, no tan lejanos, las personas de raza negra en nuestro país no podían vivir en algunos vecindarios debido a su raza —nos explicó—. Ahora, ¿cuáles son las razones por las que las gente decide vivir en un determinado lugar?

Yo sabía la respuesta a esta pregunta. ¡Mi mamá y yo acabábamos de hablar de eso! —Bueno, mi mamá y yo necesitamos vivir cerca de la escuela y de su trabajo —respondí—. Y necesitamos un lugar con dos cuartos que podamos pagar.

—Así es —dijo la señora Butler—. Esas son cosas importantes para tener en cuenta cuando buscamos una vivienda. ¿Y si alguien les quitara la oportunidad de elegir? ¿Cómo se sentirían si alguien decidiera que una casa no es adecuada para su familia solo por su raza, o su nacionalidad o su religión, porque su familia tiene niños o porque tienen una discapacidad?

Yo también sabía la respuesta a esta pregunta. —Me sentiría triste y angustiada —dije—. Y las cosas serían más difíciles para mi familia.

La señora Butler explicó que cuando alguien le quita oportunidades a un grupo de personas solo por ser quienes son, a eso se le llama **discriminación**. La discriminación hace que la vida de muchas familias sea más difícil. Muchas personas valientes han luchado por eliminarla.

La señora Butler nos contó cómo el Dr. Martin Luther King Jr. lideró marchas en los vecindarios donde las personas de raza negra no eran bienvenidas. —Los manifestantes eran personas como nosotros que se mantuvieron firmes en la convicción de que la discriminación está mal —señaló.

Gracias a su valentía, hoy hay leyes contra la discriminación en la vivienda.

Yo miré a mis amigos. De repente todo tenía sentido. Levanté la mano.

—Mi mamá y yo intentamos alquilar una casa, pero el propietario nos dijo que no quería alquilarla a una familia con niños —relaté.Luego le conté sobre nuestra investigación ultra secreta.

Cuando terminé, la señora Butler sonrió. —Aunque la discriminación es contraria a las leyes, igual sucede. Cuando llegues a tu casa luego de la escuela, dile a tu mamá que llame al **Centro para la Vivienda Justa *(Fair Housing Center)***. Allí ayudan a las personas que reciben un trato injusto cuando están buscando una vivienda.

Glosario p.30

Y eso fue exactamente lo que hice. Mi mamá llamó al Centro para la Vivienda Justa y ellos escucharon nuestra historia.

Una semana después, recibimos una llamada. ¡Gracias a nuestra investigación, el Centro para la Vivienda Justa probó que el propietario estaba discriminando! Iban a trabajar con nosotros y con el propietario para asegurarse de que mi mamá y yo pudiéramos mudarnos al apartamento.

Esperé ansiosa el día siguiente para contarles a mis amigos y a la señora Butler.

—Gracias a nosotros, el Centro para la Vivienda Justa se asegurará de que a partir de ahora el propietario trate a las personas de manera justa —les conté después de clase.

—Felicitaciones —dijo la señora Butler—. Ustedes realmente arreglaron la situación. ¡Deberían llamarse Los cinco por la vivienda justa!

Preguntas para la reflexión p.31

Nuevamente en el club celebramos e hicimos planes. —Deberíamos contarles a nuestras familias sobre Vivienda Justa —dijo Ricardo.

—¡Y a nuestros amigos en la escuela! —agregó James.

Justo en ese momento alguien golpeó la puerta. ¿Quién podría ser? ¿No había visto afuera el cartel de "No pasar"? No podíamos dejar que nadie entrara.

Pero luego recordé lo que se siente ser rechazada en una casa donde yo quería vivir. Si las casas deben estar abiertas a todos... lo mismo debería pasar en nuestro club.

Abrí bien la puerta. —Adelante —sonreí—. Mi nombre es Samaria. Tenemos un trabajo muy importante que hacer.
  ¿Quieres ayudar?

28

Preguntas para la reflexión p.31

Discapacidad: Una discapacidad es una manera particular en que trabaja la mente o el cuerpo de una persona. Una persona con una discapacidad puede realizar las actividades diarias como desplazarse, leer o hablar, de manera diferente. *James no puede caminar por su discapacidad, por eso usa una silla de ruedas. El hombre que Samaria se encuentra en la casa es ciego, por eso usa un perro guía.*

Discriminación: Discriminar es quitarle oportunidades a un grupo de personas, o tratarlos mal, solo por ser quienes son. *Samaria y su madre viven una situación de discriminación porque su familia tiene niños.*

Vivienda Justa: Vivienda Justa es la idea de que todas las personas deberían poder alquilar o comprar una vivienda que satisfaga sus necesidades, incluso si son diferentes. *Tal vez Samaria y las personas que conoce durante su investigación sean diferentes al propietario, pero aún así deberían poder alquilar su apartamento.*

Centro para la Vivienda Justa (Fair Housing Center): Un centro para la vivienda justa formado por un grupo de personas que trabaja en conjunto para ayudar a aquellos a quienes se les niega una vivienda de forma injusta. *Samaria y su mamá llaman al Centro para la Vivienda Justa cuando las tratan de forma injusta.*

Propietario: Un propietario es una persona que tiene una casa y permite que otra persona viva allí a cambio de un pago. El pago se llama alquiler. *El Centro para la Vivienda Justa se asegurará de que a partir de ahora el propietario trate a las personas de manera justa.*

Nacionalidad: La nacionalidad describe el país de donde proviene una persona o su familia. *La nacionalidad de Ricardo es mexicana porque su familia es de México. La nacionalidad de Chelsea es vietnamita porque su familia es de Vietnam.*

Raza: La raza es una forma de agrupar a las personas en ocasiones según su apariencia o de dónde provengan. La raza es un concepto ficticio pero tiene efectos reales, como la discriminación. *Samaria es de raza negra y James es de raza blanca.*

Preguntas para la reflexión

Página 4: Piensa en uno de tus amigos. ¿En qué aspectos son parecidos? ¿Qué les gusta hacer juntos?

Página 5: Piensa en uno de tus amigos. ¿En qué aspectos son diferentes? ¿Qué has aprendido de él o ella? ¿Qué le has enseñado tú a él o ella?

Página 8: ¿Qué cosas necesita tu familia en una casa o apartamento y por qué? ¿Cómo sería tu casa o apartamento ideal?

Página 11: ¿Cómo te sentirías si estuvieras en la situación de Samaria?

Página 15: ¿Cómo te sientes sobre la forma en que el propietario trató a la familia? ¿Está siendo justo? ¿Por qué sí o por qué no?

Página 17: ¿Cómo te sientes sobre la forma en que el propietario trató a la mujer? ¿Está siendo justo? ¿Por qué sí o por qué no?

Página 19: ¿Cómo te sientes sobre la forma en que el propietario trató al hombre? ¿Está siendo justo? ¿Por qué sí o por qué no?

Página 21: ¿Qué harías si estuvieras en la situación de Samaria?

Página 24: ¿Alguna vez viviste una situación de discriminación? ¿Qué se siente? Si no has vivido una situación de discriminación, ¿cómo imaginas que te sentirías?

Página 26: ¿Qué podrías hacer para que las personas se sintieran bienvenidas en tu vecindario?

Página 29: Mira la imagen. ¿Cuál es el trabajo importante que deben hacer Samaria y sus amigos? ¿Por qué?

Después de la lectura: ¿Por qué es importante la Vivienda Justa? ¿Qué puedes hacer tú para detener la discriminación en tu comunidad?

Dedicado a nuestros futuros líderes en la lucha por la justicia
y la equidad: Samaria y Teren Smothers,
y la clase 2009/2010 de la Sra. Monique y la Sra. Rowan en
la Escuela Autónoma Audubon *(Audubon Charter School)*

Un agradecimiento especial a Monique Butler, Rowan Shafer, Crissy Moore,
Vera Warren-Williams, Jennifer Turner, Aesha Rasheed,
Lauren Bierbaum, Kelly Harris, Catherine Robbin, Alice Spencer,
JoAnn Clarey, Shannon del Corral, Freddi Evans,
Kathleen Whalen, Charles Tubre, Cindy Singletary,
Escuela Autónoma Audubon, Escuela Primaria Eisenhower,
Escuela Autónoma Alice Harte, Urban League College Track, y
a las innumerables personas que apoyaron este proyecto.

Este proyecto contó con la ayuda económica de la Fundación
de Abogados de Luisiana *(Louisiana Bar Foundation)*.

Publicado en 2010 por Greater New Orleans Fair Housing Action Center
(Centro de Acción para la Vivienda Justa del Área Metropolitana
de Nueva Orleans)
404 S. Jefferson Davis Pkwy
Nueva Orleans, Luisiana 70119
(504) 596-2100
www.gnofairhousing.org

El texto está configurado en Bookman Old Style con títulos en Giddyup
Las ilustraciones se realizaron con pintura acrílica sobre tablero y lienzo
El diseño es de Hannah Adams

Sobre el autor:

Greater New Orleans Fair Housing Action Center (Centro de Acción para la Vivienda Justa del Área Metropolitana de Nueva Orleans, GNOFHAC por sus siglas en inglés) es una organización de derechos civiles sin fines de lucro constituida en 1995 con el objetivo de erradicar la discriminación en la vivienda. La labor del GNOFHAC en todo el estado de Luisiana incluye la educación, la investigación y la aplicación de las leyes.

El GNOFHAC se dedica a luchar contra la discriminación en la vivienda porque es una práctica ilegal y divisiva que perpetúa la pobreza, la segregación, la ignorancia, el temor y el odio.

Para obtener más información sobre Greater New Orleans Fair Housing Action Center, visita www.gnofairhousing.org.

Sobre la ilustradora:

Sharika Mahdi creció en el Noveno Distrito de Nueva Orleans. Sharika se sintió llamada al arte desde la niñez, cuando pasaba horas escuchando música y dibujando imágenes figurativas. Trascendiendo el dibujo, Sharika descubrió la pintura en la escuela secundaria donde las clases de arte se convirtieron en la plataforma que luego utilizaría para unirse a la reconocida agrupación artística Young Aspirations/Young Artists Inc. (YA/YA) que le proporcionó capacitación y exposición al arte. Sharika obtuvo un título universitario y uno de posgrado en comunicación masiva de la Universidad Estatal de Luisiana.

El trabajo de Sharika se describe como "alegre" y ha sido elogiado por Charles Bibbs y Maya Angelou. Su amor por los niños y la educación inspiró su trabajo en *Los Cinco de Vivienda Justa*.

Para obtener más información sobre el arte de Sharika, visita www.sharikamahdi.com.

Sobre la traductora

Con más de quince años de experiencia, Maria C. Galli-Terra es traductora certificada del inglés al español por la American Transaltors Association y ha dedicado su carrera profesional al servicio de la comunidad latina en Estados Unidos. Recibió educación formal a nivel secundario y universitario tanto en Uruguay, su país de origen, como en Estados Unidos, y sus experiencias en ambos países le han brindado una comprensión y sensibilidad especial de ambas culturas.

Sobre el libro:

Desarrollado por Great New Orleans Fair Housing Action (Centro de Acción para la Vivienda Justa del Área Metropolitana de Nueva Orleans) en colaboración con educadores, padres y estudiantes de Nueva Orleans a lo largo de una serie de talleres y grupos de debate, *Los Cinco de Vivienda Justa* es la historia de unos niños que intervienen en su vecindario como respuesta a un propietario que está tratando injustamente a las personas. Es un libro diseñado para iniciar el diálogo entre padres, cuidadores, docentes y niños sobre la discriminación, la inequidad y el importante papel que todos tenemos en la erradicación de ambas.

Para obtener más información sobre el libro y los talleres disponibles, visita www.fairhousingfive.org.

Sobre Vivienda Justa:

La Ley de Vivienda Justa protege a las personas de la discriminación en la vivienda según su raza, color, religión, sexo, nacionalidad de origen, estado familiar (tener hijos) y discapacidad. La discriminación es ilegal en todas las transacciones vinculadas a la vivienda, incluyendo alquileres, ventas, préstamos y seguros.

Si has vivido una experiencia de discriminación, comunícate con el Centro para la Vivienda Justa más cercano.

Made in the USA
Monee, IL
16 December 2020